# CHANSONS POPULAIRES

RECUEILLIES

## DANS LE VIVARAIS ET LE VERCORS

PAR Vincent d'INDY

MISES EN ORDRE, AVEC UNE PRÉFACE ET DES NOTES

PAR Julien TIERSOT

*(Publication de la Société des Traditions populaires)*

Prix : 2 FRANCS

IL ÉTAIT UNE FOIS

## PARIS

Ménestrel, 2 bis, rue Vivienne          Librairie Fischbacher
Heugel et Cie                           Société anonyme, 33, rue de Seine

Emile Lechevalier
Librairie des Provinces
39, Quai des Grands-Augustins, 39

—

1892

21-54

# CHANSONS POPULAIRES

RECUEILLIES

## DANS LE VIVARAIS ET LE VERCORS

# DES MÊMES AUTEURS

## VINCENT D'INDY

*Symphonie sur un air montagnard*, pour piano et orchestre (l'orchestre transcrit pour piano à 4 mains), chez Hamelle........................................ Prix

*Fantaisie pour orchestre et hautbois principal sur des thèmes populaires français*, op. 31 (réduction pour hautbois et piano), chez Durand et fils............. Prix net, 4 fr.

*Choix de madrigaux de* SALOMON ROSSI, transcrit en notation moderne et précédés d'une notice sur le Chittarone, par Vincent d'Indy, chez S. Naumbourg.. Prix net, 15 fr.

## JULIEN TIERSOT

*Histoire de la Chanson populaire en France*, ouvrage couronné par l'Institut. Un vol, chez Plon, Nourrit et Cⁱᵉ...................................... Prix, 12 fr.

*Musiques pittoresques, promenades musicales à l'Exposition de 1889*. Un vol. chez Fischbacher...... Prix, 3 fr. 50.

*Mélodies populaires des provinces de France*, recueillies et harmonisées par Julien Tiersot, en deux séries de dix, chez Heugel. Chaque série... ............. Prix net, 5 fr.
Les deux séries réunies.............................. id. 8 fr.

# CHANSONS POPULAIRES

## RECUEILLIES

## DANS LE VIVARAIS ET LE VERCORS

### PAR Vincent d'INDY

## MISES EN ORDRE, AVEC UNE PRÉFACE ET DES NOTES

### PAR Julien TIERSOT

*(Publication de la Société des Traditions populaires)*

Prix : 2 FRANCS

IL ÉTAIT UNE FOIS

## PARIS

Ménestrel. 2 bis, rue Vivienne,   Librairie Fischbacher
Heugel et Cie   Société anonyme, 33, rue de Seine.

Émile Lechevalier
Librairie des Provinces
39. Quai des Grands-Augustins.

—

1892

# CHANSONS POPULAIRES

## RECUEILLIES

## DANS LE VIVARAIS ET LE VERCORS

ᴇs vastes régions montagneuses entre lesquelles
se creuse l'étroite et longue vallée du Rhône
ont été jusqu'à ce jour fort peu visitées par les
folkloristes, surtout par ceux qu'intéresse plus
spécialement la chanson populaire. Cette négli-
gence s'est étendue, en réalité, à tout l'ensemble
des deux chaines dont le Vivarais et le Vercors
ne sont que des portions relativement restrein-
tes, les Cévennes et les Alpes. Alors que, pour
toutes les provinces de l'Ouest de la France,
depuis la Normandie jusqu'aux Pyrénées, les
recueils de chansons populaires abondent, que celles du Centre et de
l'Est, Ile-de-France, Bourgogne, Champagne, Lorraine, Bourbonnais,
Berry, Auvergne, etc., si chacune n'a pas encore fourni son *romancero*
complet et définitif, ont du moins donné lieu à des recherches et des
études très suffisantes pour nous donner une idée de leurs richesses
traditionnelles, nous n'avons encore, sur les Alpes comme sur les
Cévennes, que de très rares fragments épars[1].

[1] La *Revue des Traditions populaires* est, croyons-nous, celle qui a fourni
sur ces deux régions le plus de documents de cette sorte, bien qu'encore trop
clairsemés. Nous pouvons citer, parmi les chansons des Cévennes qu'elle a
publiées, une version des *Répliques de Marion*, communiquée par M. de Qua-
trefages (t. III, p. 64), et déjà deux chansons du Vivarais recueillies par M. V.
d'Indy (t. III, p. 15 et 255); parmi celles des Alpes, une variante d'une jolie
complainte populaire en France et en Italie, recueillie aux environs de Besan-
çon par M. R. Blanchard, et publiée sous le titre insuffisamment explicite de
*Rossignolet* (t. V. p. 144); une autre complainte, recueillie dans la Haute-

1

Sans doute cette ignorance a pour cause le caractère plus primitif encore et moins civilisé de ces pays, peu riches en villes pouvant former des centres d'études et peu explorés par les habitants du dehors. Cela n'en rend que plus précieux et plus intéressant le premier travail qui soit publié sur le sujet.

Bien que le collecteur de ces chansons soit un musicien, il n'est pas tombé dans le travers dont sont coutumiers nombre de collectionneurs de chansons populaires, qui, surtout autrefois, ne s'attachaient qu'à un des éléments de la chanson : la mélodie s'ils étaient musiciens, la poésie s'ils étaient poètes, ou philologues, ou simplement capables d'écrire des vers sous la dictée. Ces derniers surtout ont été cause de bien des erreurs et confusions sur les caractères réels de certaines chansons dont on ne peut souvent déterminer le véritable sentiment que si l'on en connaît l'accent musical. Ils nous paraissent moins excusables encore que les musiciens qui se contenteraient de noter des mélodies sans paroles, une mélodie pouvant être saisie au vol et fixée sur-le-champ sur la portée, tandis que, pour écrire une poésie populaire, il faut procéder avec ordre et méthode, faire chanter successivement tous les couplets, les faire répéter même, et souvent plus d'une fois ; après quoi l'on est tellement familiarisé avec la mélodie qu'elle s'écrit le plus facilement du monde. Celui qui la néglige est donc sans excuse.

La moisson faite par M. Vincent d'Indy, si elle est encore peu abondante, suffit néanmoins, semble-t-il, à nous éclairer sur les caractères essentiels de la chanson populaire de ces régions.

En rapprochant son recueil de ceux que les provinces voisines ont donnés antérieurement, nous voyons se confirmer une observation que nous avons déjà faite, à savoir que le répertoire des chansons populaires françaises, bien que formé pour la plus grande partie du fonds commun que l'ensemble des recherches sur la matière a fait connaître, est toutefois assez sensiblement différent suivant que l'on considère les provinces de l'Est ou de l'Ouest.

Dans celles-ci, les rondes à danser dominent ; ici encore l'on rencontre les plus nombreux et les meilleurs types de nos com-

Savoie par Mme Paul Ginesty (t. III, p. 327) ; une chanson de soldats également savoyarde, communiquée par M. Morel-Retz (t. IV, p. 657) ; enfin une chanson de Mai dauphinoise donnée par M. Louis Gallet (t. II, p. 202) et la célèbre danse du Bacchu-Ber, accompagnée d'explications de M. L. Bonnemère (t. I. p. 288), ces deux dernières déjà imprimées antérieurement. Il est à remarquer que la Savoie n'a encore fourni, à notre connaissance, aucune contribution aux études relatives à la chanson populaire. Ce ne sont pourtant pas les éléments traditionnels qui manquent pour cela.

plaintes romanesques. ces modèles, parfois si parfaits, de notre poésie populaire. Quant aux mélodies, elles sont généralement courtes, nettes, non sans quelque sécheresse.

Dans l'Est, au contraire, les préférences des chanteurs populaires vont aux genres les plus familiers. Là, les chansons narratives sont presque ignorées, du moins dans leur forme lyrico-épique si bien conservée par ailleurs (il faut en excepter une seule, dont nous aurons à parler assez longuement au cours de ce travail). S'il s'en rencontre parfois quelques-unes, ce sont des récits d'aventures de la vie populaire, de ton nullement chevaleresque, et dont les personnages les plus habituels sont la bergère, le soldat, le galant de village, etc. Les chansons de danse sont pour ainsi dire inconnues (sauf quelques bourrées chantées introduites par le voisinage de l'Auvergne) ; les paysans dansent presque exclusivement au son des instruments.

Mais le genre le plus en faveur dans toutes ces régions, c'est la pastourelle. C'est dans l'Est qu'on en trouve les types les plus charmants, avec les mélodies les plus expressives et de plus longue haleine ; enfin, d'autres chansons d'un caractère plus intime, la plainte du paysan, la lente mélopée du laboureur, le chant du montagnard, aux inflexions pures, aux notes prolongées par l'écho, ont un accent particulier : ces « chants de la terre » ne forment pas l'élément le moins caractéristique des chansons populaires de cette vaste portion de la terre de France qui, partant des sommets du Jura, va d'un côté jusqu'aux Hautes-Alpes, de l'autre jusqu'au pied de l'Auvergne, à travers les vallées de la Saône et du Rhône, parmi des régions diverses d'aspect et d'esprit, mais où la beauté de l'œuvre de la nature se manifeste presque partout avec son plus grand charme et dans sa plus complète magnificence.

Il est peu probable qu'aucune des chansons de ce recueil soit née dans le pays même où elles ont été recueillies et notées. Pour la plupart nous aurons à signaler des versions similaires recueillies dans d'autres provinces. Les endroits précis où elles ont été trouvées sont au nombre de trois : pour le plus grand nombre, la campagne des environs de Vernoux (Ardèche), chef-lieu de canton de la montagne, à une trentaine de kilomètres environ à l'ouest du Rhône, et plus particulièrement la commune de Boffres ; pour quelques autres, les hauts plateaux du Gerbier-des-Joncs et du Mezenc ; enfin, pour celles du Vercors, les communes de la Chapelle en Vercors et de Vassieux. Plusieurs de ces dernières ont été communiquées par M. J. de la Laurencie. Il est assez remarquable que quelques-unes, populaires à la fois dans les deux régions, sont, à quelques détails de paroles près, restées parfaitement semblables.

# PASTOURELLES

### I.

QUAND LA BERGÈRE VA-T-AUX CHAMPS

Quand la bergère va-t-aux champs (*bis*),
Tout en filant sa coulonnette,
Tout en gardant ses jolis blancs moutons
    Tout le long de la rivière.

Ce ne sont pas de blancs moutons (*bis*),
Ce ne sont que des brebinettes,
Qui connaissent le jeu d'aimer
    Aussi bien que la bergère.

Un cavalier vient à passer (*bis*),
Qui lui dit : « Bonjour la bergère,
C'est vous qui gardez ces jolis blancs moutons
    Tout le long de la rivière ? »

Le cavalier descend d' cheval (*bis*) ;
Il la mena dessus l'herbette,
Cinq à six fois l'a-t-embrassée,
  Et puis : adieu la bergère.

La bergèr' s'en va-t-en pleurant (*bis*) :
« Oh! vous avez mon cœur en gage,
Puis vous vous en allez sans rien me donner,
  Amant, amant volage! »

Le beau Monsieur tir' ses gants blancs (*bis*),
Cinq à six écus il lui donne.
« T'en souviens-tu, dis, t'en souviendras-tu
  De ma personne ? »

La bergèr' s'en va-t-en riant (*bis*);
Elle s'en va trouver sa mère :
« Tiens, voilà cinq à six écus
  Que j'ai gagnés sur l'herbette. »

La mère lui a répondu (*bis*) :
« Je connais bien sur ton visage
Que celui qui t'épousera
  N'aura pas ton cœur volage. »

       (*Vivarais et Vercors.*)

*N. B.* — La version vivaraise s'arrête au quatrième couplet, et remplace le « cavalier » par le « fils du roi ». Peut-être cette distinction provient-elle du souvenir de l'époque où la rive droite du Rhône était la « terre de France » et la rive gauche la « terre d'Empire », souvenir non encore disparu de la mémoire du peuple et ayant laissé des traces dans son vocabulaire familier.

Une autre version, un peu plus développée, mais tout aussi incorrecte, se trouve dans CH. GUILLON, *Chansons populaires de l'Ain*, p. 137. Voir aussi dans ROLLAND, *Ch. pop.* t. I, p. 133 et 134, une version lorraine et une du Loiret.

## II

LÀ-HAUT SUR LA MONTAGNE.

Là-haut sur la montagne
J'ai entendu pleurer.
Ah ! c'est la voix de ma maîtresse,
Je monte pour la consoler.

Eh ! qu'avez-vous, la belle,
Qu'avez-vous à pleurer ?
— Oh ! si je pleur', c'est de tendresse
Et de regret d'avoir aimé.

— D'aimer n'est pas un crime,
Dieu ne le défend pas.
Faudrait avoir l'âme bien dure
Si ces deux cœurs ne s'aimaient pas.

Les moutons sont en plaine
En grand danger du loup,
Tandis que vous et moi, bergère,
Sommes après faire l'amour.

Les moutons vivent d'herbe,
Les papillons de fleurs,
Et vous et moi, jeune bergère,
Nous ne vivons que de l'amour.

(Vivarais et Vercors).

Le 4ᵉ couplet est connu seulement dans le Vercors, et le 5ᵉ dans le Vivarais.

Cette jolie pastourelle est des plus répandues dans nos provinces. J'en ai recueilli une version en Haute-Bretagne et une autre en Bresse ; le manuscrit des *Poésies populaires de la France*, de la Bibliothèque nationale, en donne une variante de l'Orléanais (notée dans mon *Histoire de la chanson populaire en France*, p. 102-103). M. Albert Meyrac, dans son livre récent : *Traditions des Ardennes*, en publie une autre des environs de Rocroi (p. 266, mélodie nᵒ LXXV) ; et déjà la *Revue des Traditions populaires* en avait, dans sa première année, fait connaître deux versions, l'une de la Bresse, communiquée par M. Gabriel Vicaire, l'autre des Basses-Pyrénées, donnée par M. L. de Fourcaud (un couplet seulement, pour cette dernière, est trop peu conforme dans son ensemble au premier couplet de notre chanson, bien qu'il commence de même, pour que nous puissions être certain de son identité). MM. Vicaire et de Fourcaud signalaient aussi l'existence de cette chanson dans l'Aveyron et dans la Creuse (voir *Rev. des Trad. pop.* I, p. 135 et 379). Mais dans toutes ces versions les mélodies, généralement différentes entre elles, différaient également, et cela d'une façon absolue, du type mélodique de la version ci-dessus ; ce type est au contraire conforme à celui de plusieurs variantes recueillies dans les provinces de l'Est de la France, particulièrement dans les pays de montagne : en Alsace (WECKERLIN, *Chansons populaires de l'Alsace*, II, 234), dans les Vosges (JOUVE, *Chansons en patois vosgien*, p. 98, mélodie au nᵒ 37 des planches), et dans le Jura, ainsi qu'on en pourra juger par la variante ci-après, recueillie dans la région montagneuse des environs de Montbéliard par M. Alfred Bovet, qui a bien voulu nous la communiquer. Répandue ainsi dans toute la région de l'Est, depuis les montagnes des Vosges jusqu'aux Alpes et aux Cévennes, cette mélodie paraît donc représenter, sinon la forme musicale primitive de la chanson, du moins son type le plus vivant et le plus caractérisé : c'en est, en tout cas, le plus charmant.

Voici la version de M. Bovet, très purement conservée par les montagnards du Jura :

## III

Lent et doux.

Là haut sur la mon _ ta_gne J'ai-z-en-ten-
_ du pleu-rer. _ Ah! c'est la voix _ de ma ber_gè
_ re, Je m'en i _ rai la con_so _ _ ler.

Là-haut sur la montagne
J'ai-z-entendu pleurer.
Ah! c'est la voix de ma bergère,
Je m'en irai la consoler.

Ah! qu'avez-vous, la belle,
Qu'avez-vous à pleurer ?
— Ah! si je pleur', c'est de tendresse
Et de regret d'avoir aimé.

Aimer n'est pas un crime,
Dieu ne le défend pas ;
Il faut avoir le cœur bien *dure*
Pour ne jamais avoir aimé.

Les moutons vivent d'herbe,
Les papillons de fleurs ;
Et vous et moi, gentill' bergère,
Nous ne vivons que de l'amour

# IV

## LE BEAU BERGER DU ROY.

**Andantino.**

L'autre jour le beau berger du Roy Il m'a ju — ré plus de mil — le — fois Qu'il me se — rait — tou — jours fi — dè — le. Oh! — mais l'in — grat, il — m'a trom — pé! Des — sur ses blancs mou — tons je voudrais me vén — ger.

L'autre jour le beau berger du Roy,
Il m'a juré plus de mille fois
Qu'il me serait toujours fidèle,
Oh! mais, l'ingrat, il m'a trompé!
Dessur ses blancs moutons je voudrais me venger.

— Oh! dites moi, ma mie Jeanneton,
Que vous ont fait mes petits moutons,
Quand vous les frappez avec colère?
Si mes moutons vous ont manqué
Ah! laissez-les aller, châtiez leur berger.

— Oh! je voudrais qu'une bande de loups
Dans ce grand bois les dévorât tous,
Mais pour punir votre ingratitude,
Ah! que mon cœur serait content
De pouvoir me venger sur un cruel amant!

(*Vercors.*)

*Chanté par la femme July à la Chapelle* (Communication
de M. J. de la Laurencie).

J'ai recueilli cette même chanson en Bresse, avec quelques variantes de paroles et musique. Elle se trouve également dans GUILLON, *Ch. pop. de l'Ain*, p. 71. Je n'en connais pas de versions autres que celles de ces deux pays.

Voici encore deux mélodies, entendues dans la haute montagne, et qui, saisies au vol, n'ont pu être complétées par leurs poésies. Mais leur caractère musical est assez marqué, nous semble-t-il, pour qu'on puisse les ranger sans crainte dans la série des pastourelles.

La première a été notée à Tortous :

V

La seconde a été entendue un matin en partant des Estables (Mezenc) :

VI

A ces deux mélodies nous pourrions joindre une troisième, entendue entre Tortous et Bouchard, chantée très loin, à pleins poumons, par une voix de jeune fille. Mais cette mélodie étant celle que M. Vincent d'Indy a prise pour thème de sa *Symphonie sur un air montagnard français*, on la trouvera dans sa partition ; je l'ai d'ailleurs citée aussi dans mon *Histoire de la Chanson populaire en France* (p. 104) ; il serait donc tout à fait superflu de la reproduire encore une fois.

# CHANSONS ANECDOTIQUES

## ET CHANSONS D'AMOUR

I

## LA YOYETTE

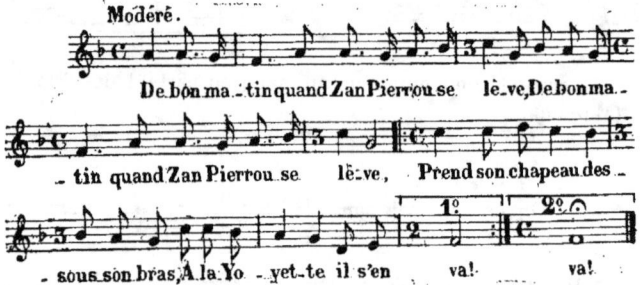

De bon matin quand Zan Pierrou se lève, De bon matin quand Zan Pierrou se lève, Prend son chapeau dessous son bras, A la Yo - yet-te il s'en va! va!

De bon matin quand Zan Pierrou se lève,
Prend son chapeau dessous son bras,
A la Yoyette il s'en va.

— Bouzou, beau-père et bouzou, belle-mère,
Que le bouzou vous soit donné
A la Yoyette faut parler.

— Mais la Yoyette est allée à la messe,
A la grand'messe à Saint-Denis,
Ne tardera pas à veni.

Par qui, par quoi l'enverrons-nous cherchèze ?
Son petit frère est bon garçon
Fera très bien la commission. »

Tout en rentrant dedans la sainte église,
Prit l'eau bénite en se signant :
« Oh ! la Yoyette, allons-nous-en !

— Qu'y a-t-il donc à la maison qui presse ?
— Ton ami Pierre est arrivé,
Son tendre cœur veut t'embrasser.

Apportez-nous une bonne bouteille,
Un bon bouillon, du saucisson,
Pour régaler ce bon garçon.

— Je ne suis pas venu ici pour boire,
Non plus pour boire et pour manger,
Du mariage faut parler.

— Mais la Yoyette est encore jeunette,
Faites l'amour en attendant
Que la Yoyette ait vingt ans.

— Tant fis l'amour que je veux plus la faire,
Tout gars qui fait l'amour longtemps
Risque bien de perdre son temps.

## II

### RÉVEILLEZ-VOUS, BELLE ENDORMIE

*Version mélodique des Hauts-Plateaux.*

Réveillez vous belle endormie, Reveillez vous car il est jou;

Réveillez vous belle en dormie, Vous entendrez par ler de vous.

## III

*Version du Vivarais.*

Ré veil lez vous, belle en dor mi e, Ré veillez

vous, car il est jou; Vous en ten drez parler de vous

## IV

*Version du Vercors.*

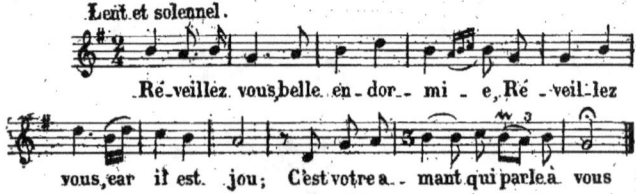

Ré veillez vous belle en dor mi e, Ré veil lez

vous, car il est jou; C'est votre a mant qui parle à vous

Réveillez-vous, belle endormie,
Réveillez-vous, car il est jou ;
C'est votre amant qui parle à vous.

— Je ne dors pas lorsque je veille
Toute la nuit, je pense à vous,
Mon bel ami, marions-nous.

Il faudra le dire à mon père,
A mon père, à tous mes parents,
Savoir s'ils en seront contents.

— Beau paysan, donne-moi ta fille,
Donne-la-moi en te priant,
Tu me rendras le cœur content.

— Je ne peux pas t' donner ma fille,
Elle n'a pas passé quinze ans,
Faites l'amour en attendant.

— Tant fis l'amour que je veux plus la faire
Car tout garçon qui fait l'amour longtemps
Est en danger de perdr' son temps.

Adieu, charmante Césarine,
Puisque ton papa ne veut pas,
Je viens t'annoncer mon départ.

Je m'en irai faire mon tour de France,
Depuis Paris jusqu'à Rouen,
Remplir ma bourse d'or et d'argent.

Et quand ma bourse sera pleine,
Je m'en irai dans mon pays
Faire l'amour à mon plaisir.

L'on remarquera la communauté de sujet et de caractère qui rattache cette chanson à la précédente. *La Yoyette*, recueillie dans la Haute-Cévenne, n'est qu'une forme particulière de l'autre, *Réveillez-vous, belle endormie*, qui se chante, suivant les localités, sur trois airs différents (la version des hauts plateaux a été notée au village de Présailles et chantée par Gobert ; celle du Vivarais, à Boffres, par Auguste Vely ; enfin, celle du Vercors, par Ombre Auguste, à la Chapelle en Vercors). Quant aux paroles, elles n'ont été recueillies complètes que dans la version du Vercors, les deux autres ayant perdu les trois derniers couplets ; pour le reste, les trois versions sont parfaitement semblables entre elles.

Les paysans de Bresse chantent une *ébaude* qui n'est qu'une variante de cette chanson.

En Haute-Bretagne, le premier vers sert de point de départ à une ronde, que voici :

> Réveillez-vous, belle endormie,
> Un beau berger vous demande,
>        Lon la.
>
> Qui est donc ce beau berger
> Qui tous les jours m'y demande ?
>        Lon la.
>
> Un beau berger vous réveillera
> Tout en dansant z'une ronde,
>        Lon la.
>
> Le beau berger vous embrassera
> Tout en dansant une ronde,
>        Lon la.

Une chanson bien connue, du dix-septième siècle, commence par le même vers : « Réveillez-vous, belle endormie, » ou, plus exactement, « belle dormeuse » ; sa mélodie a servi de *timbre* à quantité de vaudevilles, jusqu'à la fin du dix-huitième siècle. Mais ni cette mélodie, qui est sur un mouvement de menuet, ni la suite des paroles n'ont aucun rapport avec les chansons populaires ci-dessus.

## V

### LE CHASSEUR DE GUERRE.

Mariez-moi, ma chèr' maman,
Avec celui que j'aime,
Avecque mon petit chasseur,
Car il est gravé dans mon cœur
Mon petit chasseur de guerre.

— Mais, ma fille, que penses-tu ?
Prendre un chasseur de guerre !
Ton père a beaucoup de l'argent,
Nous te marirons richement,
Nous te marirons, ma fille.

— Je n'me soucie de votre argent,
Même de vos richesses.
J'aime mieux mon petit chasseur,
Car il est gravé dans mon cœur
Mon petit chasseur de guerre.

3

— Il faut écrire au commandant,
　　Au commandant de guerre.
Si le commandant y consent,
Nous te marîrons promptement,
　　Nous te marîrons, ma fille.

— Ma chèr' maman, n'entendez-vous pas
　　La trompette qui sonne ?
La trompette du régiment :
Hélas, j'ai perdu mon amant
　　Qui m'a tant causé de peine !

*(Vercors.)*

*(Chanté par Algond l'aveugle, à la Chapelle.)*

J'ai recueilli antérieurement deux versions de cette chanson, l'une en Haute-Bretagne, l'autre en Bresse. Elles ont été publiées sous le titre du *Soldat de Rennes* dans la *Revue des Traditions populaires*, IV, 468 et 469. Le « petit chasseur de guerre » se retrouve dans la version bressane, mais il est remplacé en Bretagne par « un soldat de Rennes » ; il est également question une fois de « la ville de Rennes » dans la version bressane, tandis que cette mention a disparu complétement dans la version du Vercors. Au reste, quelle qu'en soit l'origine, cette chanson a été mieux conservée dans les provinces de l'Est que dans l'Ouest, car la version bretonne est très altérée ; la plus complète et la plus pure est celle de la Bresse.

## VI

LE RENDEZ-VOUS D'UN SOIR D'HIVER

Un soir, tout en me promenant
Tout au clair de la lune,
En mon chemin rencontre
Trois garçons s'en allant,
Parlant de leurs maîtresses
A la rigueur du temps.

« Où allez-vous ? D'où venez-vous ?
Voilà minuit qui sonne.
— Je m'en vais voir ma mie :
Le mot lui ai donné,
Ce soir dans sa chambrette
Je m'en vais la trouver'. »

Voilà la bell' qui n'en dort plus,
Met son cœur en fenêtre.
« Douce Vierge Marie,
Empêcher-moi d'aimer
Ainsi qu'amant volage
Qui vient pour me tromper ! »

Var. des trois derniers vers (Vercors) :

Une fois m'a promis
D'aller dans sa chambrette
Coucher dans son grand lit.

(*Vivarais et Vercors*).

Mais le galant n'a pas manqué,
Vient frapper à la porte :
« Ouvrez-moi votre porte,
Ouvrez-moi, s'il vous plaît :
Je suis à la gelée,
En danger de geler.

— Tu peux geler, tu peux mourir,
Je n'ouvre pas ma porte.
En passant par la ville,
Galant, tu t'es vanté
Que j'étais jeune fille
Faisant tes volontés. »

« Grand Dieu, que j'ai donc du malheur
J'ai perdu ma maîtresse.
J'ai perdu ma maîtresse
Pour avoir trop parlé.
Jamais fille ni femme
Ne saura mes secrets.

*(Chanté par Algond l'aveugle, à la Chapelle, et par Reverdy père, à Boffres.)*

La mélodie du Vercors présente, sur l'avant-dernier vers, une variante insignifiante et trop peu caractéristique pour mériter d'être notée.

Il est superflu, sans doute, d'appeler l'attention sur le caractère tonal de cette mélodie, et particulièrement sur sa cadence finale, qui s'arrête sur la dominante après un développement mélodique en mineur sans note sensible et avec le sixième degré tour à tour majeur et mineur, ce qui donne d'abord l'impression d'un mélange d'hypodorien et de 1er ton ; mais en réalité la mélodie ne peut rentrer complétement dans aucun mode antique ou du moyen âge, par suite de la présence du *fa dièze* qui ôte aux dernières mesures le caractère *dorien* qu'elles auraient sans cela, et fait purement et simplement de la cadence finale une modulation à la dominante.

## VII

### DE BON MATIN JE SUIS LEVÉ

De bon matin je suis levé,
Je suis allé me promener.
J'ai rencontré mon capitaine
Qui s'est approché de moi,
Qui m'a dit : Cher camarade,
Faut aller servir le roi !

Mon beau Monsieur, je suis tout prêt
D'aller servir Sa Majesté.
Je vous prendrai pour mon maître ;
Mon père, il ne sera plus,
M'a défendu ma maîtresse,
M'a défendu de l'aimer.

Quand les garçons, ils font l'amour,
Ils ont le cœur content toujours,
Portent le chapeau sur l'oreille
Garni de plumes de paon.
Eh ! vive, vive d'être jeune
Et non pas d'être marié !

Quand les filles sont mariées,
Elles quittent leurs petits pieds,
En se disant : Adieu la danse,
J'ai perdu ma liberté.
Eh ! vive, vive d'être jeune
Et non pas d'être marié !

Mon père, il me l'a défendu
De n'en boire jamais plus,
M'a défendu ma maîtresse
De ne plus jamais l'aimer,
Et je ne sais comment m'y prendre
Pour pouvoir m'en consoler.

*(Vercors.)*

Cette chanson, chantée par Picard (Paul) et Allard, n'est connue que dans le village de Vassieux par deux ou trois anciens (Communication de M. J. de la Laurencie). On la connaît dans le pays sous le nom de « la chanson de Vassieux ». La vérité est que sa poésie, d'une rare incohérence, est faite de bribes de plusieurs autres chansons populaires qu'il ne serait pas impossible de déterminer, si cela en valait la peine.

Au point de vue mélodique et tonal, nous n'aurions qu'à répéter des observations identiques à celles qui ont été faites au sujet de la précédente chanson.

## VIII.

### Le vieux mari.

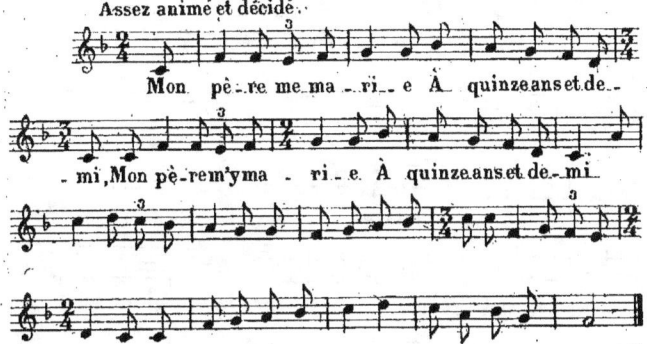

Assez animé et décidé.

*Mon père me marie À quinze ans et demi, Mon pèr'm'y marie À quinze ans et demi*

Il n'a pas été possible de recueillir les paroles de cette chanson, entendue dans la haute montagne. Heureusement j'en avais noté moi-même une variante, tout à l'autre bout de la France, en Haute-Bretagne, en 1884, et M. Paul Sébillot en avait écrit le texte poétique, grâce auquel il sera facile de préciser le caractère de la version cévenole. On y reconnaîtra un sujet qui a défrayé un nombre considérable de chansons françaises, que l'on a pu ranger sous le titre général des *Maumariées, mal mariées* (mot usité au XVe et au XVIe siècle, mentionné par Rabelais, et qu'on retrouve dans les *Chansons du XVe siècle* publiées par MM. Gaston Paris et Gevaert). Quant aux mélodies de nos deux versions, l'on verra, en les comparant, qu'elles n'ont subi que peu d'altérations au cours de leurs longs voyages, et qu'en tout cas le type est bien resté le même.

Voici la version bretonne :

## IX.

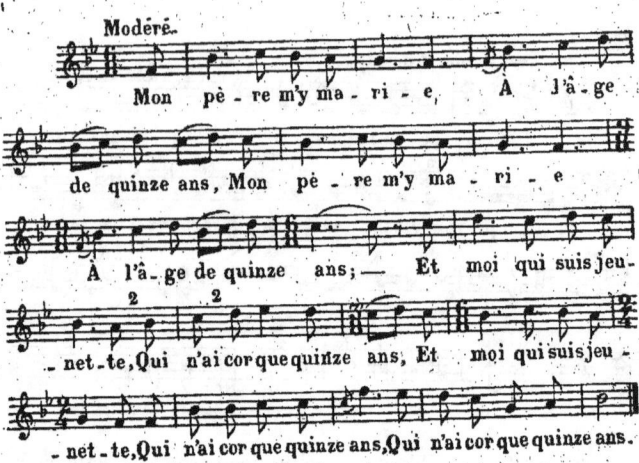

Modéré.

Mon pè - re m'y ma - ri - e, A l'â - ge de quinze ans, Mon pè - re m'y ma - ri - e A l'â - ge de quinze ans; — Et moi qui suis jeu - net - te, Qui n'ai cor que quinze ans, Et moi qui suis jeu - net - te, Qui n'ai cor que quinze ans, Qui n'ai cor que quinze ans.

### 1.

Mon père m'y marie,    } bis.
A l'âge de quinze ans, }
A un vieillard bonhomme
Qu'a bien quatre-vingts ans ;
Et moi qui suis jeunette,
Qui n'ai cor que quinze ans ! (bis).

### 2.

La première nuitée   } bis.
Que j'ai couché to lui, }
Il m'a tourné l'épaule,
Puis il s'est endormi ;
Et moi qui suis jeunette,
Je pleure auprès de lui (bis).

3.

— Patience, ma fille, } *bis.*
Il est riche marchand; }
Il est au lit malade,
On dit qu'il en mourra;
Tu seras l'héritière
De tout ce qu'il aura (*bis*).

4.

— Au diable la richesse } *bis.*
Quand l'plaisir n'y est pas! }
J'aimerais bien t-un homme
A mon contentement,
Que ce vieillard bonhomme,
Son or et son argent (*bis*).

5.

Et quand j'y serai morte, } *bis.*
Ne m'y faudra plus rien }
Qu'une chemise blanche,
Un ling' blanc par dessus!
Voilà la belle morte :
D'amour n'en parlons plus! (*bis*).

## X.

### COMPLAINTE DE LA MAL PEIGNÉE

Assez lent.

C'est u_ne fil_le de Lor_rai_ne Que sa beau_
-té lui fait grand pei_ne Un jour sa mè_re la pei_
-gnant, Sont troissol_dats la re_gar_dant; Elle n'en fut
pas moitié pei_gné_e, Les trois sol_dats l'ont emme_né_e.

C'est une fille de Lorraine
Que sa beauté lui fait grand' peine.
Un jour sa mère la peignant,
Sont trois soldats la regardant :
Ell' n'en fut pas moitié peignée,
Les trois soldats l'ont emmenée.

Sa mère leur court après, disant :
« Soldats rendez-moi mon enfant !
C'est mon enfant et c'est ma fille ;
Elle est à moi, je l'ai nourrie ! »
Le capitain', la voyant venir,
De rire n'a pu se tenir.

« Hola ! la fille, elle est plaisante ;
Amenez-la dedans ma chambre. »
Tout en montant les escaliers,
La pauvre fille soupirait :
« Ah ! te voilà, maudite chambre,
Là où, mon grand Dieu, je t'offense. »

— 27 —

Tout en faisant action de grâce,
Voilà la belle qui trépasse.
L' capitain' la voyant mourir
De pleurer n'a pu se tenir.
« Si je t'avais cru fille sage,
Je t'aurais prise en mariage. »

« Apportez-moi du papier blanc
Pour écrire à tous ses parents,
Pour écrire à sa tendre mère
Qu'elle fasse prier Dieu pour elle ;
Je la ferai porter en terre
Par quatre z'officiers de guerre.

Puis y aura cent demoiselles
Qui s'ront pour porter des chandelles ;
Je ferai passer le tambour,
Que mes soldats y viennent tous ;
Je ferai passer la trompette
Pour l'enterr'ment de ma maîtresse. »

(*Vercors*).

(Comm. M. J. DE LA LAURENCIE.)

Cette complainte, qui, au point de vue de la poésie, nous semble être un des meilleurs morceaux de ce recueil, rappelle plusieurs autres chansons : d'abord, par le ton général et les premiers couplets, celle de *la Fille perdue* dont Bujeaud a donné une version de l'Angoumois (*Prov. de l'Ouest*, I, 276) et M. Rolland une de la Bretagne (Lorient), et une seconde de la Lozère (*Rec. de ch. pop.*, 1, 137-138), chanson qui dérive elle-même de la chanson si populaire au XVe siècle de *la Perronnelle*. Il n'est pas inopportun de rappeler cette dernière à propos d'une chanson recueillie en Dauphiné, puisqu'elle commence ainsi :

Av'ous point vu la Perronnelle
Que les gendarmes ont emmenée ?
Ils l'ont habillée comme un page :
C'est pour passer le Dauphiné.

Mais, qu'il y soit question ou de « gens d'armes », ou d'un « joli dragon », de « trois gentils garçons » et même de « soudeux d'haricots verts », comme dans l'ancienne chanson ou dans les versions de la Lozère, l'Angoumois ou la Bretagne, il n'en est pas moins vrai que le dénouement diffère absolument de celui de la chanson du Vercors, l'héroïne de celles-là, plus facilement résignée, faisant la déclaration suivante :

> Si vous saviez, mon frère,
> Comm' je suis bien ici !
> Est un qui fait mon lit,
> L'autre bross' mes habits,
> L'autr' peigne ma coiffure,
> Et l'autre range mes cheveux
> A la mode jolie.

L'on peut rapprocher aussi de notre chanson celle bien connue de « la Fille qui fait la morte pour son honneur garder », une des plus aimables et des plus gracieusement fantaisistes parmi les chansons françaises ; mais là encore le dénouement est moins tragique, puisque, dans la chanson de Vercors, la fille meurt « pour de bon ».

Enfin cette chanson même, avec son développement complet, n'est pas inconnue dans d'autres provinces ; on la trouve notamment dans GUILLON, *Ch. pop. de l'Ain*, p. 135 ; et M. Paul Sébillot nous en signale une version qu'il a recueillie en Haute-Bretagne, et où la « fille de Lorraine » dont il est question en Dauphiné ainsi qu'en Bresse a fait place à « une fille du pays du Maine ».

# LA PERNETTE

## I.

La Per _ nette y se ie ve tres
our a _ ven le dzour, tres our a ven le dzour_ long.
Y pren sa cou_lou_gnet_te a_ _maï son pe_tit tour, amaï son pe_tit tour_

Voilà bien certainement la plus belle en même temps que la plus ancienne de toutes les chansons de ce recueil. Telle est la force de la tradition, elle s'impose si impérieusement à l'esprit populaire, que, malgré le dédain qu'éprouvent les habitants de cette région pour « cette vieillerie », ainsi qu'ils la qualifient, ils n'ont pu encore l'oublier complétement. Comme l'antique mélodie, *die alte Weise*, qui, dans le drame de Wagner, résonne douloureusement aux oreilles de Tristan blessé, redoublant en lui l'âpre tristesse de l'éloignement d'Yseult, elle chante toujours, plaintivement, au berceau de l'enfant comme devant la couche funèbre du vieillard, suivant l'homme à travers la vie entière ; et, tandis qu'il passe, elle survit seule, enseignant aux générations successives, elle que les ancêtres ont tant chantée, que tout être est périssable, que tout n'est qu'illusion et mort : « *Sich sehnen, und sterben* », dit la tragique mélodie du maître allemand.

Elle-même, a vieille chanson, elle se désagrège et ne tarderait pas à périr complétement si le chant ne la gravait dans la mémoire des gens, comme malgré eux. Dans les pays où l'on a recueilli tous les éléments de cette collection, la poésie est en effet tombée dans un oubli qui paraît être sans rémission ; et cependant le premier couplet est dans la bouche de tous, grâce à la mélodie que tout le monde répète encore.

Pour la compléter par un texte de même provenance, nous ne saurions mieux faire que d'adjoindre à la mélodie notée une version de la poésie provenant également de l'Ardèche. La voici :

La Pernette se lève
Douaz heures d'avant jour,
    Tra la la,
La Pernette se lève
Douaz heures d'avant jour.

N'en prend sa coulougnette
Et son joli p'tit tour,
    Tra la la,
N'en prend sa coulougnette
Et son joli p'tit tour.

La mère lui demande :
— Pernette, qu'avez-vous ?
    Tra la la,
La mère lui demande :
— Pernette, qu'avez-vous ?

Avez-vous mal de tête,
Ou bien le mal d'amour ?
    Tra la la,
Avez-vous mal de tête,
Ou bien le mal d'amour ?

— Je n'ai pas mal de tête,
Mais bien le mal d'amour,
    Tra la la,
Je n'ai pas mal de tête,
Mais bien le mal d'amour.

— Ne pleure pas, Pernette,
Nous te mariderons,
    Tra la là,
Ne pleure pas, Pernette,
Nous te mariderons,

Avec le fils d'un prince
Ou le fils d'un baron,
    Tra la la,
Avec le fils d'un prince
Ou le fils d'un baron.

— Je ne veux pas de prince
Ni de fils de baron,
    Trà la la,
Je ne veux pas de prince,
Ni de fils de baron.

Je veux mon ami Pierre
Qui est dans la prison,
    Tra la la,
Je veux mon ami Pierre
Qui est dans la prison

— Tu n'auras pas ton Pierre,
Nous le pendolerons,
    Tra la la,
Tu n'auras pas ton Pierre,
Nous le pendolerons

— Si vous pendolez Pierre,
Pendolez moi-t-aussi,
    Tra la la,
Si vous pendolez Pierre,
Pendolez moi-t-aussi.

Au chemin de Saint-Pierre,
Vous nous enterrerez,
    Tra la la,
Au chemin de Saint-Pierre,
Vous nous enterrerez.

Couvrez Pierre de roses,
Et moi de toutes fleurs,
   Tra la la,
Couvrez Pierre de roses,
Et moi de toutes fleurs.


Tous les passants qui passent
N'en prendront une fleur,
   Tra la la,
Tous les passants qui passent
N'en prendront une fleur,


Et prieront Dieu qu'il fasse
Grâce à deux amoureux,
   Tra la la,
Et prieront Dieu qu'il fasse
Grâce à deux amoureux[1] !


L'existence de cette chanson et la façon dont elle est répandue sur les diverses parties du sol français viennent confirmer d'une façon certaine ce que nous avons dit au commencement de ce travail au sujet des différences de répertoire des provinces de l'est et de l'ouest. *La Pernette* est pour ainsi dire la seule chanson de ton lyrico-épique qui soit vraiment populaire dans l'est et une partie du centre de la France ; mais elle appartient bien réellement et presque exclusivement à cette région, car on la trouve dans toutes les provinces depuis la Franche-Comté jusqu'à la Provence d'une part, et, d'autre part, jusqu'aux confins du plateau central, — partout très purement conservée, — tandis que, si l'on en peut reconnaître le sujet et le sentiment dans quelques chansons des autres parties de la France, c'est toujours sous une forme très différente, secondaire, parfois très altérée, et aussi à des intervalles très espacés.

M. G. Doncieux a consacré à la poésie de *la Pernette* une étude approfondie, de laquelle il est amené à conclure que cette chanson « naquit dans le centre de la France, aux con-

---

[1] *Poésies populaires de la France*, Ms de la B. N., t. III, (nouv. acq. fr. 3340, fº 199). Ce texte est accompagné d'une note signée des initiales F. F., qui, ainsi que l'écriture, très reconnaissable, nous font savoir qu'il a été communiqué par M. Fertiault.

fins des régions d'oïl et d'oc, probablement non loin du Roannais[1] ».

Or cette région se trouve être dans le voisinage immédiat des Cévennes, où la chanson a dû se répandre dès son origine. L'on sait de même qu'elle n'est pas moins populaire dans le Dauphiné. Ce ne sera donc pas sortir du sujet que de rechercher les différentes formes mélodiques sous lesquelles elle se présente dans ces régions et dans leur voisinage ; ce sera en même temps une préparation à une étude musicale sur le même sujet que nous entreprendrons quelque jour.

Et d'abord remarquons que, dans la plupart des versions mélodiques connues, le début se présente d'une façon presque identique, tandis que la fin diffère presque constamment. M. Doncieux avait fait une remarque analogue sur la poésie, dont il avait constaté que le commencement et le développement principal se retrouvaient dans toutes les versions, à quelques variantes peu importantes près, tandis qu'un très petit nombre en avaient gardé la conclusion. Ce qui prouve qu'il en est de la mémoire populaire comme de celle de Petit-Jean :

Ce que je sais le mieux, c'est mon commencement.

L'exemple des paysans du Vivarais conservant seulement le premier couplet est assez significatif : ils ne savent que « leur commencement » !

Or, on peut faire la même observation pour la musique. La mélodie notée ci-dessus a bien conservé le type connu, mais il y manque un dernier membre de phrase qui a subsisté dans plusieurs versions, notamment la version dauphinoise des *Chansons populaires des provinces de France* de Champfleury et Weckerlin, et celle de Franche-Comté qui figure dans mon premier recueil de *Mélodies populaires des provinces de France*. C'est, à la suite de la cadence suspensive par laquelle s'achève la mélodie vivaraise, une petite phrase de deux mesures, répé-

[1] G. DONCIEUX, *La Pernette, origine, histoire et restitution critique d'une chanson populaire romane*, Paris, 1891.

tant le dernier vers, et ramenant la mélodie à la conclusion sur la tonique, de la manière suivante :

Remarquons aussi qu'il manque à la version vivaraise, pour être complète, le refrain *tra la la*, etc., qui coupe le premier vers entre les deux hémistiches et fournit un développement musical que nous ne trouvons pas ici. En réalité les deux périodes mélodiques du couplet sont identiques, et la mélodie est complète après le premiers vers.

Afin de comparer la version du Vivarais avec la mélodie encore populaire dans le pays présumé d'origine de la chanson, nous allons maintenant donner ce chant tel qu'il est resté dans le Forez:

II.

Cette version[1] est plus complète que la première: elle a gardé le refrain habituel qui suit le premier hémistiche :

La Pernette se lève,
Tra la la la la la, etc.

[1] Extraite du *Roannais illustré*, 1886, p. 55. L'observation de M. Doncieux, relative au texte composé artificiellement d'après trois versions antérieurement recueillies, n'est pas applicable à la mélodie.

En outre, elle s'achève normalement par la cadence sur la tonique ; mais là encore il manque quelque chose, à savoir la répétition du vers sous la formule conduisant au point d'orgue sur la dominante, cette formule étant remplacée ici par une simple vocalise de cinq notes, sans point d'orgue, qui n'en est qu'une forme embryonnaire, et les paroles « Deux heur' avant le jour » étant dites deux fois seulement au lieu de trois.

D'ailleurs, dans le Forez même, il existe une variante mélodique parfaitement correspondante à celle du Vivarais et s'achevant comme elle sur la dominante. Voici celle que connaissait Victor de Laprade, qui, par son roman de *Pernette*, est un des premiers qui aient fait connaître la chanson dans le monde lettré.

III

C'est encore, on le voit, comme une réduction de la mélodie complète et définitive telle que nous l'ont conservée les meilleures versions[1]. Ici, d'ailleurs, elle se présente sous un aspect très caractéristique, avec un accent qu'elle n'affecte pas toujours, celui d'une mélopée agreste, d'un chant traînant de laboureur ou de berger. C'est qu'en effet, dans le pays où de Laprade l'a entendue, les laboureurs avaient approprié à leur usage le chant de la vieille complainte ; la description du poète lyonnais en précise singulièrement le caractère :

« ... Que de haltes n'avons-nous pas faites au bord des sillons fraîchement ouverts pour mieux entendre les bouviers qui, lentement et à pleine voix, se lançaient l'un à l'autre ce mé-

[1] Elle a été notée par M. Ruest, organiste à Lyon, d'après les souvenirs de Victor de Laprade. — Lire à la première mesure de la mélodie : « Pernette », et non « Penette ».

lancolique refrain ! Il nous semble voir encore, le long des chemins accoutumés, ces vastes labourages où six charrues marchaient de front au chant de *Pernette*, où six voix fortes s'interrompaient aux mêmes intervalles pour exciter les bœufs en les appelant par leurs noms[1]. »

Enfin, sans nous éloigner beaucoup encore et tout en restant dans le voisinage des Cévennes, donnons encore une version envoyée d'Uzès pour les *Poésies populaires de la France*, Ms de la Bibl. nat., III, 197. Là encore la mélodie est incomplète et n'a conservé que la première période, comme dans la version du Vivarais et celle du Forez recueillie par de Laprade ; de même les paroles s'arrêtent après le couplet : *Je veux mon ami Pierre :*

> Voualé moun ami Piéré
> Qué nés din la prisoun.

IV.

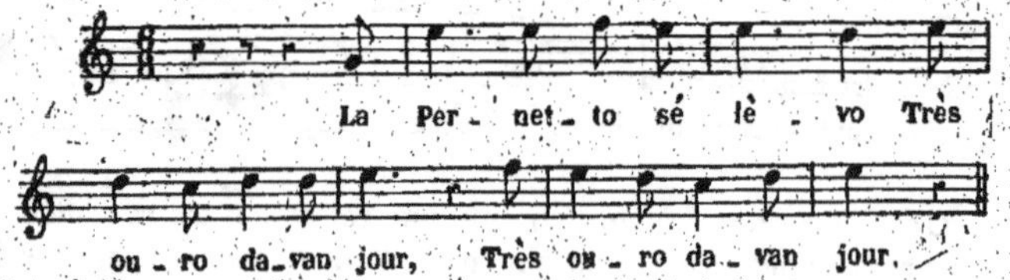
La Per - net - to sé lè - vo Très
ou - ro da - van jour, Très ou - ro da - van jour.

Jusqu'ici nous n'avons rencontré que des mélodies procédant d'un type commun, qui est évidemment le type primitif de la chanson. Mais voilà que, dans ce même Vivarais, aussi bien que dans ce département de la Drôme qui renferme le Vercors, nous allons trouver deux formes de la même chanson absolument différentes tant au point de vue de la mélodie que de la disposition des refrains intérieurs. Pourtant le texte s'en est conservé très complet, malgré des variantes assez notables ; on en jugera surtout par la première version, excellent spécimen du patois du Vivarais. Elle a été communiquée, de ce pays, par M. le Dr Chaussinand.

[1] V. de Laprade, *Pernette*, p. 281.

V

La Per_le_to se le _ vo très ou_ros da_vans jour, La Per _ le _ to se le _ vo, Vi _ _ _ve l'a_mour, Très ou_ros da_vans jour.

La Perleto se leve
Très ouros davaus jour.

Fiale sa coulougneto,
Viro son petit tour.

En chaque tour que vire,
Fait un souspir d'amour...

— « Mais qu'avés don, ma filho,
Que souspirés toujour ?

Avez gran mau de tête,
Ou bé le mau d'amour ?

— Ai pas gran mau de tête,
Ai bé le mau d'amour...

— Te douaren un prince
Ou l'einat d'un baron.

— N'en vole pas d'un prince
Ni l'einat d'un baron.

Vole mon ami Piere,
— Lou penjouroun amount.

— Si penjoun l'ami Piere,
Nous penjoun toutes dous.

Au clapas de San Peire
Chavas un cros per dous,

Entre miei de las peiros
Plantaré uno crous[1].

Lous pastrou que li gardoun
Simetran d'a ginous.

Faran : Que Dieu pardonné
Lous pauvres amourous !

L'autre version, recueillie à Puygiron, aux environs de Montélimar[2], a ceci de particulier qu'elle comporte un refrain qu'on retrouve presque exactement semblable dans une version similaire de *la Pernette* trouvée dans le Forez[3] :

> Réveillez-vous (*bis*) les jeunes amourettes,
> Dormirez-vous toujours ?

Comme il est impossible que ce refrain ait pu être combiné avec l'air traditionnel de *la Pernette*, il s'ensuit que, dans le Forez même, la chanson est également connue sur une mélodie différente, peut-être la même que celle de Puygiron, que voici :

### VI

Quand Per_le_to se le ve tres ouro da_van
jou, Réveillez-vous, Ré_veil_lez - vous gen _
_til_le bergeret_te. Dor _ mi_rez-vous tou _ jours?

[1] Traduction de ces deux couplets :
Au clapier de Saint-Pierre cavez un creux (creusez une fosse).
Au milieu des pierres plantez une croix.
[2] V. M. VIEL, *Au bord du Jabron*, 1875.
[3] V. SMITH, *Ch. pop. du Velay et du Forez, Romania*, t. VII.

Nous n'avons pour l'instant aucune conclusion particulière à tirer de ces observations, si ce n'est que l'esprit populaire est, lui aussi, capricieux et changeant, qu'il a « ses modes », comme l'esprit mondain. Car pourquoi eût-il substitué ces mélodies peu remarquables à l'expressif et si caractéristique chant traditionnel, si ce n'est qu'il jugeait celui-ci « démodé » ? Mais le vrai chant n'a pas disparu pour cela, et ne saurait disparaître ; il est dans le sang de la race. Si chargé d'ans qu'il soit, de nombreuses générations le répèteront encore.

# LES CHANTS DE LA TERRE

## I

### LE PAUVRE LABOUREUR

Très lent.

Du ciel j'en-tends u_ne_ voix __ Qui des_cend sur la ter __ re, Pour cal_mer la dou_leur __ Du pau_vre_la_bou_reur, __ Pour cal_mer la dou_leur du pau_vre la_bou_reur. __

## I

Du ciel j'entends une voix
Qui descend sur la terre,
Pour calmer la douleur
Du pauvre laboureur. } *bis.*

## II

Mangeant que du pain d'orge
Pour vendre son froment,
Grand Dieu qu'il est à plaindre
Le pauvre laboureur ! } *bis.*

(*Vercors.*)

Ceci paraît être un vestige, très altéré, de la chanson du *Pauvre laboureur*, dont j'ai donné une version bressane plus complète dans mes *Mélodies populaires des provinces de France*. Elle n'est pas inconnue non plus dans les régions voisines de celles qui nous occupent. V. Smith en a recueilli une variante dans le Forez. (V. *Mélusine*, t. i, col. 458.)

## II

### COMPLAINTE DU PAUVRE PAYSAN

Lent.

Je suis un pauvre pa-y-san. Qui vient de
per-dre sa ri-ches-se. La mort me ravit au-jour-d'hui La plus ai-ma-ble mé-na-
gè-re, La plus ai-ma-ble-mé-na-gè-re.

Je suis un pauvre paysan
Qui vient de perdre sa richesse.
La mort me ravit aujourd'hui
La plus aimable ménagère. (*bis.*)

Lorsque je m'en vas dans les champs
Continuer mon labourage,
Je laisse mes petits enfants
Gouverner mon pauvre ménage. (*bis.*)

Ah ! si je pouvais réussir
A bien élever ma famille !
J'aurais l'espoir dans mes vieux ans
De vivre heureux dans ma chaumière. (*bis.*)

La mort me vient fermer les yeux,
Retrancher les jours de ma vie,
Et mes enfants partageront
Mon peu de bien et ma chaumière. (*bis.*)

(*Vivarais et Vercors.*)

Encore une variation sur le thème précédent¹, avec addition de couplets à la manière des romances de Jean-Jacques Rousseau, qui donnent à la poésie un caractère singulièrement artificiel et prétentieux. Mais, dans ces sortes de chansons, c'est la mélopée qui est tout ; et celle-ci est un beau chant de plein air.

Comparez ce couplet d'une version du *Pauvre laboureur*

Le pauvre laboureur,
Il a bien du malheur.
Il a perdu sa femme
A l'âge de trente ans ;
Elle le laiss' tout seul
Avecque ses enfants...

GUILLON, *Ch. pop. de l'Ain*, p. 586.

# LES CHANTS DE L'ANNÉE

## I

### CHANSON DE MAI

Assez vif.

Bou - ta la man au cha - zé - rou,
Bou - ta la man au pou - chet - tou,
Di chasque man un picodou, Que toutes les fleurs Soient à leurs va-
Di chasque man un sou o dou,
- leurs, Vé - ci le printemps, Oh! __ jo - li mois de
maï, que tu es charmant, que tu es char - mant!

| TEXTE PATOIS. | TRADUCTION. |
|---|---|
| Bouta la main au chézarou, | Mettez la main à l'armoire, |
| Di chasque man un picodou. | De chaque main un *picodon*. |

REFRAIN.

Que toutes les fleurs
Soient à leur valeur,
Voici le printemps,
Ah !
Joli moi de mai, que tu es charmant!

| | |
|---|---|
| Bouta la man au pouchettou, | Mettez la main à la poche, |
| Di chasque man un sou o dou. | De chaque main un sou ou deux. |

*Au refrain.*

*(Vivarais.)*

Cette chanson de quête, très répandue dans tout le Haut-Vivarais, se chante généralement dans la soirée du dernier jour d'avril. Les jeunes gens de chaque village vont de porte en porte quêler, ici un « *picodon* » (petit fromage de lait de chèvre), là « *un sou ou deux* », plus loin quelque morceau de *salé* ou de saucisse, afin de célébrer, le lendemain, l'entrée du mois de mai par un repas solennel.

Le refrain en français est chanté à pleine voix par tous les quêteurs, tandis que les deux premiers vers sont improvisés en patois par l'un des jeunes gens, qui, connaissant les ressources des familles du pays, modifie ses demandes selon ce qu'il sait pouvoir être exigé dans chaque maison. Il est très rare de voir cet appel rester sans réponse.

## II

### CHANSON DE CONSCRITS

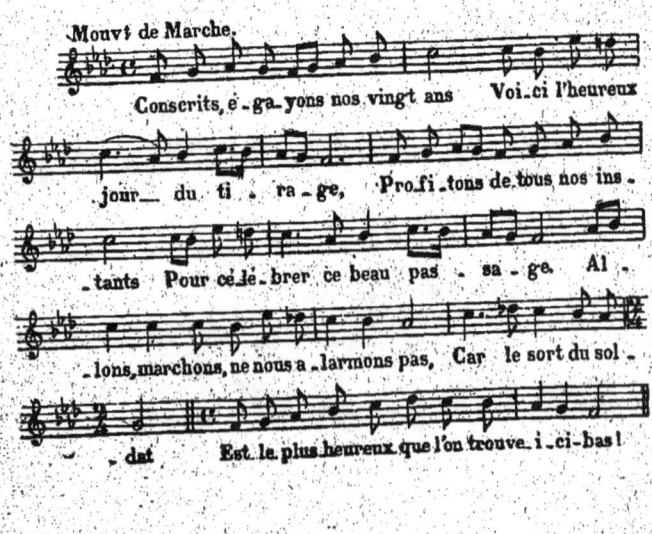

Mouv$^t$ de Marche.

Conscrits, é-ga-yons nos vingt ans    Voi-ci l'heureux jour_ du ti-ra-ge,    Pro-fi-tons de tous nos ins-tants Pour cé-lé-brer ce beau pas-sa-ge. Al-lons, marchons, ne nous a-larmons pas,    Car le sort du sol-dat    Est le plus heureux que l'on trouve-i-ci-bas !

Conscrits, égayons nos vingt ans,
Voici l'heureux jour du tirage.
Profitons de tous nos instants
Pour célébrer ce beau passage.
Allons, marchons, ne nous alarmons pas,
Car le sort du soldat
Est le plus heureux que l'on trouve ici-bas.

Courage, amis, c'est notre tour,
Montons l'escalier au plus vite ;
Laissons le drapeau, le tambour,
Auprès de l'urne on nous invite.
Enfin, c'est là qu'est l'espoir incertain ;
C'est là sous notre main
La destination qui nous attend demain.

Chers parents, qui priez pour nous,
Triste nouvelle à vous apprendre :
Le sort me sépare de vous
Je viens ici pour vous suprendre.
Point de regrets, nous volons au succès,
Car quiconque est Français
Sait bien affronter la mort sous les boulets.

Ce que je regrette-z-en partant,
C'est l' tendre cœur de ma maîtresse.
Ce que je regrette-z-en partant,
C'est l' tendre cœur de ma maîtresse.
L'avoir tant aimée, tant considérée,
Après tant d'amitié,
C'est à présent qu'il nous la faut quitter.

Adieu, papa, adieu maman.
— Adieu, mon fils, bonne espérance!
Il faut partir, c'est le moment ;
Sera bien le roi, sera bien la France.
— Partons, amis, marchons, marchons au pas,
Car le sort du soldat
Est le plus heureux que l'on trouve ici-bas.

## III

### MARCHE DES CONSCRITS DANS LA MONTAGNE

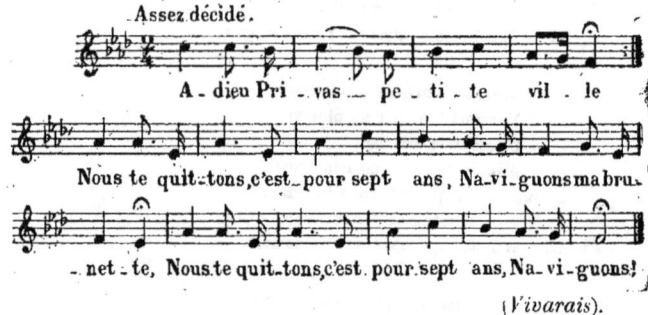

Assez décidé.

A - dieu Pri - vas _ pe - ti - te vil - le
Nous te quit - tons, c'est _ pour sept ans, Na - vi - guons ma bru -
_ net - te, Nous te quit - tons, c'est _ pour sept ans, Na - vi - guons!

(*Vivarais*).

La mélodie se répète indéfiniment sans changer de paroles.

## IV

### CHANSON A BOIRE

Très animé.

Buvons bien, nous buvons guè - re, Buvons bien, nous buvons,
rien! Bu - vons rien! Et pour - quoi boirions nous
pas? _ Est-c' que le bon vin nous man - que? Et pour
quoi boirions nous pas? Le bon vin nous manque. pas!

(*Haut-Vivarais*, Saint-Agrève).

Couplet isolé, qu'on peut répéter aussi souvent qu'il est né-
cessaire, comme pour la chanson précédente.

# DANSES

## I

### LES ESCLOTS

### (*Les Sabots*)

#### CHANSON A DANSER

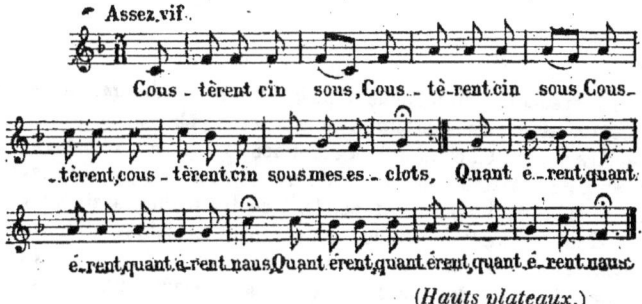

Cous - tèrent cin sous, Cous - tè - rent cin sous, Cous - tèrent, cous - tèrent cin sous mes.es - clots, Quant é - rent, quant é - rent, quant à - rent nous Quant érent, quant érent, quant é - rent nous

*(Hauts plateaux.)*

Cette chanson a toutes les apparences d'une ancienne mélodie instrumentale à laquelle des paroles auront été ajoutées postérieurement. Son rythme est celui de la *Montagnarde*, danse très populaire dans toutes les régions montagneuses du centre de la France, depuis le Morvan jusqu'à l'Auvergne.

Les anciens instruments populaires ont disparu depuis longtemps des montagnes de l'Ardèche, si tant est qu'ils y aient jamais été très répandus. On rencontre encore par endroits, très rarement, des joueurs de violon ; mais aujourd'hui, la clarinette, qui a remplacé la musette dans la plus grande partie des régions de l'Est, et surtout le moderne cornet à pistons et le baryton en *si bémol* sont les seuls instruments sur lesquels les ménétriers exécutent les danses populaires. Souvent enfin des mélodies de danse de caractère instrumental et n'ayant pas de paroles sont, à défaut d'instruments, purement et simplement chantées.

BOURRÉES ET MONTAGNARDES.

## II

*(Hauts plateaux.)*

Ceci est encore une mélodie dans le rythme de la *Montagnarde*.
Les chanteurs ont l'habitude de la répéter en la variant de la manière suivante : celui qui l'a entonnée la reprend à l'octave, en voix de fausset, avec des notes répétées et de petits ornements très rudimentaires ; pendant ce temps les assistants vociférent le couplet en chœur, en frappant les tables de leurs *coutelieres* sur les premiers temps des mesures 1, 3, 5, 7, et les seconds temps des mesures 2 et 6 ; cela produit un rythme irrégulier assez comparable à ces rythmes de guitare des chants orientaux et espagnols dont M. Chabrier a si merveilleusement traduit l'impression dans *Espana*. Voici cette variation[1] :

## III

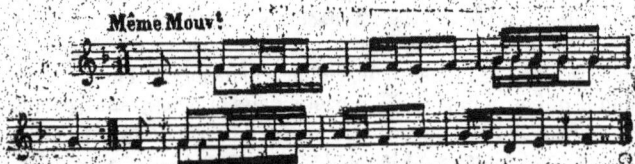

[1] C'est par erreur qu'une barre de reprise a été mise au milieu de la quatrième mesure. Cette faute a été reconnue trop tard pour pouvoir être corrigée sur le cliché.

IV

(*Hauts plateaux.*)

Encore un air de danse qui a pris dans le pays le nom de
« bourrée », bien qu'il n'en ait pas la forme rythmique, la
bourrée étant une danse à deux temps. C'est encore, en réalité,
une montagnarde. On y reconnaîtra sans peine le type mélodique d'une danse populaire de l'Auvergne bien connu partout.

V

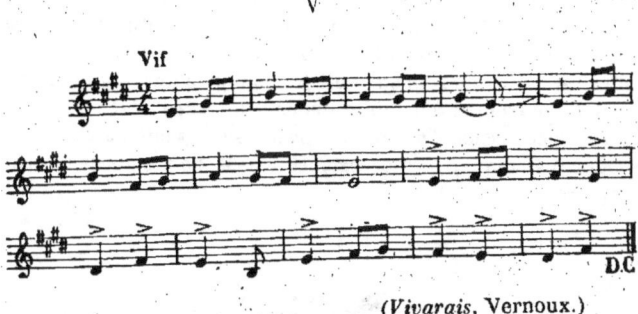

(*Vivarais*, Vernoux.)

Voilà enfin une bourrée authentique, à deux temps et avec
ses deux reprises, telle qu'on la danse dans tout le centre de la
France, Berry, Bourbonnais, Auvergne, etc.

CHANSONS POPULAIRES (300)                                    7

# VI

## RIGODON

Modéré.

(*Vivarais*, Boffres.)

C'est dans les campagnes que nos vieilles danses françaises ont trouvé leurs derniers refuges. La bourrée se dansait à la cour de France, au XVIᵉ siècle : on nous a dit que Marguerite de Valois, « ayant les jambes fort belles, la substitua aux *basses-danses*, que l'on marchait au lieu de sauter. » Le rigodon, pour être venu plus tard, n'en jouit pas moins d'une vogue universelle, à la cour et à la ville, pendant le XVIIIᵉ siècle. L'air de rigodon ci-dessus, d'allure bien française, est intéressant par sa coupe mélodique, formée exclusivement de membres de trois mesures.

# TABLE DES MATIÈRES

Vannes. — Imprimerie Lafolye, 2, place des Lices.

www.ingramcontent.com/pod-product-compliance
Lightning Source LLC
Chambersburg PA
CBHW061644180626
46818CB00003B/951